edition til

Band 1

AF288952

Tilman Röhrig

1945 geboren, arbeitet seit 1973 als freischaffender Schriftsteller. Bereits für sein erstes Jugendbuch,"Thoms Bericht"'" wurde er mit dem „Buxtehuder Bullen ausgezeichnet, zahlreiche Auszeichnungen folgten, z.b. der „Deutsche Jugendliteraturpreis" für „In dreihundert Jahren vielleicht", der „KölnLiteraturpreis" und der „Große Kulturpreis des Rheinlandes"

Sie finden mich im Internet unter:
http://www.tilman-roehrig.de

Tilman Röhrig

Der angebundene Traum

editon til
CIP-Kurztitelaufnahme der Deutschen Bibliothek

Röhrig, Tilman:
Der angebundene Traum / Tilman Röhrig
Neuauflage
ISBN 3-8311-1531-1

Neuauflage
© 2001 by edition til, Tilman Röhrig
Alle Rechte liegen beim Autor
Umschlag: Elke Sinn
Lektorat: Prof. Dr. Peter Conrady
Herstellung: Books on Demand GmbH

Inhalt

Die Spielplatzgranate

Als der Krieg begann, läuteten die drei Glocken. Das Läuten war nicht für einen Gottesdienst gedacht. Sie läuteten den Krieg ein. Eine Zeit lang durften sie auch noch zum Gottesdienst rufen, dann nahm man sie ab und goss ein großes Kanonenrohr aus ihnen.

Auf Rädern gerollt kam die neue Kanone an die Front. Der erste Schuss war eine brillante Leistung, und die Soldaten umjubelten die ehemaligen Kirchenglocken. So viel Zustimmung und Begeisterung hatten die drei noch nie erlebt. Sie gaben sich alle Mühe, jeden Schuss zu einem Volltreffer zu machen. Ja, sie jauchzten, wenn sie wieder ein ganzes Haus mit Menschen des Feindes vernichtet hatten. Denn das Jauchzen hatten sie gelernt. Aber es war jetzt nicht mehr der volle, schöne Glockenton, sondern ein mörderisches Krachen und Ächzen.

Nach einem langen Kampftag wurde noch eine neue Granate in das Kanonenrohr geschoben, um am nächsten Morgen gleich schussbereit zu sein.

Die Granate roch den Pulverdampf und fand ihn zu abscheulich, um einschlafen zu können. Überhaupt fühlte sie sich als Granate sehr unglücklich. Bis zur vergangenen Woche war sie eine Turnstange auf einem Spielplatz gewesen. Kinder hatten ausgelassen an ihr herumgeturnt. Die Vorstellung, dass nun ausgerechnet sie Menschen töten sollte, brachte sie fast um den Verstand.

Sie stemmte sich gegen die Enge, klopfte an die Wände des Rohres und bat: „Ich hab in meinem Leben tausende von Kindern glücklich gemacht, denn ich war eine Turnstange auf einem Spielplatz, und ich kann jetzt nicht plötzlich Kinder umbringen. Bitte, schieß mich doch morgen über dein Ziel hinaus. Es darf niemand verletzt werden."

Die Kanone sprach sonst nicht mit ihrer Munition. Die Worte der Granate erinnerten aber die drei umgeformten Kirchenglocken an ihr früheres Dasein. Sie hörten sich wieder zum Gottesdienst läuten. Sie ahnten wieder die friedvolle Stimmung, dachten an ihre eigentliche Aufgabe – und wurden unruhig.

Böse sagte die Kanone zu sich: „Diese dumme Granate, kommt hierher und macht mich nervös, anstatt an Pflichterfüllung zu denken. Aber man soll nicht sagen, ich hätte mein Kirchenmetall verleugnet."

Zur Granate sprach sie dann laut: „Ich verspreche dir, dich so weit zu schießen, dass kein Feind getroffen wird."

Bei Sonnenaufgang feuerte die Kanone die Granate viel zu weit in einen Sumpf.

Mit der Gewissheit, ein gutes Werk getan zu haben, zerstörte sie am selben Tag eine ganze Stadt.

Die Erste und die Zweite

In der Einsamkeit des Meeres. Dort, wo es ganz mit sich allein ist, wo selbst der Himmel nur blau oder verhangen ist, dort wo Möwen nie kreischen, dort geschah es.
Es war gerade Tag geworden. Eine Strömung ließ sich durch einen Sog verwirren, und zurückblieben zwei kleine Wellen.
Spielerisch lief die eine der anderen davon, doch die zweite Welle bemerkte es rechtzeitig und hastete der davoneilenden hinterher.
Nach einem Tag besaßen die beiden schon eine weiße Schaumkrone. Die erste rief in dem wilden Auf und Ab der nachfolgenden spottend zu: „Du wirst mich nie erreichen, nie solch eine herrliche weiße Krone tragen und niemals dich so hoch aus dem Wasser erheben wie ich! Du wirst immer die zweite bleiben!"

Damit überließ sie der anderen Fische, Muscheln, Seepferdchen, mit denen sie zuerst gespielt hatte.

Zu Beginn war die zweite Welle sehr traurig, dass sie niemals zuerst mit den Spielgefährten des Meeres herumtollen konnte. Jedoch nach vielen Wellenstunden fiel es ihr auf, dass kein Seepferdchen, kein Fisch oder keine Muschel jemals von der ersten Welle erzählten. Froh und übermütig schaukelten sie in dem schäumenden Gischt. Keiner erzählte je, dass es schöner bei der ersten Welle war, ja, nicht einem schien es aufzufallen, dass sie selbst eine zweite Welle war.

Von nun an berührte sie der Spott der vor ihr hereilenden nur noch wenig.

Eines Tages rief sie sogar der anderen zu: „Ich bin so glücklich!"

Aber die erste lachte nur und spottete immer weiter.

An einem Mittag sah die Welle ganz in der Ferne einen weißen Strand und dahinter Wiesen und Bäume. Eine seltsame Erregung überkam sie, und immer höher bäumte sie sich auf. Auch die erste wurde von einer endgültigen Vorahnung befallen. Die beiden Wellen überboten sich in Größe und donnerndem Rauschen, sie peitschten ihre Schaumkronen hoch in die Luft und ließen sie dann in tiefe Täler hinabstürzen.

Immer schrie die sich zuerst erhebende: „Sieh nur, wie majestätisch und gewaltig ich mich aus dem Wasser erhebe! Ich bin und bleibe die wichtigste!"

Die andere antwortete nun nicht mehr. Sie fühlte in sich ein immer stärker werdendes fürsorgliches Gefühl für die Tobende und Schreiende. Ja, manchmal, bevor sie der Gischt in ihr Tal hinabstürzen ließ, lächelte sie ein wenig.

Inzwischen war das Weiße des Strandes ganz nahe.

Die erste Welle erhob sich zu ihrer schönsten und gewaltigsten Größe, warf die schäumende Krone sprühend vom Haupt und zerbrach mit einem lauten Toben.

Auch die zweite zerstob.

Als winzig kleiner Ausläufer rollte die erste Welle auf den weißen Sand, die zweite folgte ihr. Es war ein kindliches Spiel.

Dann verließ die erste alle Kraft, und etwas müde konnte die zweite sie ganz vorsichtig mit sich selbst zudecken.

Ein kleiner Strandläufer eilte auf die ange-spülte leere Muschel zu, in der Hoffnung etwas Nahrhaftes zu finden.

Zukunftsträume

Schon lange schubsten und drängelten die großen schwarzen Wolken eine kleine Wolke, die noch ganz weiß geblieben war und nicht mit den anderen gemeinsame Sache machen wollte.

Sie trug geborgen in ihrem Innern zwei Regentropfen, die waren durchsichtig und hell. Aufgeregt und freudig baten sie ihre Wolke um mehr Feuchtigkeit. Sie wollten schwer werden, ganz schwer, um dann fallen zu können.

Die weiße Wolke hatte die Tropfen lange gehegt und gepflegt. Sie gab ihnen alles, was sie geben konnte, ja, sie wäre bereit gewesen, sich mit einer schwarzen Wolke zu verbinden, wenn die beiden in ihrem Schoß es gewollt hätten.

Irgendwann während eines Gewitters wurden die beiden Tropfen ganz schwer. Jetzt flehten sie die Wolke an, fallen, endlich fallen zu dürfen.

Der Abschied war nicht leicht für die kleine Wolke. Schließlich konnte sie nichts mehr tun, als die beiden Tropfen loszulassen.
Diese begannen die große, alles erfüllende Reise zur Erde.

„Wie bin ich leicht und frei!", rief der eine.
„Ich bin groß und schön!", rief der andere.
„Wir haben eine große Zukunft!", riefen sie zusammen. Der Wind wirbelte sie umeinander. Ein Blitz ging zwischen ihnen her. Für einen Moment dachten sie an eine Hitze, die sie verbrennen könnte, aber schon waren Blitz und Angst vorbei.
Sie schwelgten in Zukunftsträumen, sie würden Felder bewässern, Blumen tränken, Flüsse würden entstehen und richtige Seen, auf denen Segelboote dahingleiten könnten.
Sie schauten nur nach oben.

Mit einem kleinen Platsch fielen sie auf den Asphalt, flossen als Wasser in den Rinnstein und hörten auf zu träumen.

Angst vor den Händen

Mittwochs kam die Müllabfuhr. Am Vormittag nahmen zwei Männer die glänzende neue Tonne und trugen sie auf den Bürgersteig. Durch Zufall konnte sie auf einen Kanaldeckel hinunterblicken.

Mehr zu sich selbst flüsterte sie: „Und jetzt? Was geschieht jetzt?"

„Warum denn so aufgeregt? Du wirst geleert, um wieder benutzt zu werden", bemerkte der Kanaldeckel weise.

Er schluckte schon seit zehn Jahren den Schmutz derselben Straße vor dem Gartentor der Nummer 37.

„Deine Vorgängerin war nie aufgeregt. Allerdings sprach sie nicht mit mir. Ich war ihr zu tief unten. Na ja, es stellte sich heraus, dass sie nicht ganz dicht war – und nun bist du hier."

Ganz starr hielt die Tonne ihren Deckel fest und sagte zitternd: „Man hat mir in der Fabrik meine Aufgabe nur angedeutet. Du aber bist doch schon so oft Zeuge gewesen, wenn geleert wird."

„Also, es kommen zwei Männer, die heben dich vorsichtig vom Boden weg, hängen dich an einen Mechanismus, und der schüttelt und kippt dich so lange, bis du ganz leer bist. Natürlich bringen sie dich wieder zurück, denn du sollst jede Woche geleert werden."

Inzwischen war das Müllauto schon bis zur Nummer 35 gekommen. Ehe sich die Aschentonne für die Aufklärung bedanken konnte, kamen zwei Männer, und es geschah so, wie der Kanaldeckel es vorausgesagt hatte. Stolz kippte die Tonne sich in das Auto.

Doch als sie leer war, fassten sie die Männer viel gröber an, knallten sie auf die Straße, schubsten und rollten sie bis vor die Haustür.

Leise weinte die Tonne vor sich hin.

Am nächsten Mittwoch tröstete der Kanaldeckel: „Sei nicht so traurig über die schlechte Behandlung. Du bist nur wichtig für sie, wenn du voll bist. In ein paar Wochen hast du dich daran gewöhnt. Dein silberner Glanz ist zwar dann weg, aber das

Schubsen und Rollen macht dir nichts mehr aus."

Vor Unsicherheit kippte die Tonne um und schlug hart auf den Kanaldeckel. Da er schon alt war, brach er in der Mitte durch und stürzte ganz in die Tiefe. Verbeult und unglücklich deckte die neue Tonne das Grab des alten Kanaldeckels zu.

Sie hatte Angst vor den Händen der Aschenmänner.

Der Kompromiss

Es war Juni. Voll ausgewachsen und dunkelgrün schwankte das Blatt im Wind.
An einem Vormittag – die Vögel hatten gerade aufgehört, den Morgen zu besingen – kitzelte das Blatt etwas an seinem Stiel.
Eine Raupe balancierte über den grünen Steg und sagte ein wenig erschöpft: „Guten Tag."
Nach üblichen Höflichkeiten unterhielten sie sich über das Wetter, bis das Blatt schließlich fragte: „Was führt dich eigentlich her?"
Die Raupe raupte verlegen. „Ja, ich wollte ... ich möchte ..." Dieser Satz schien kein Ende zu haben. So begann die Raupe einen neuen. „Ich habe eine große Bitte an dich. Du bekommst jeden Morgen von dem Baum deine Nahrung, du musst sie dir nicht suchen. Ich aber habe es gar nicht so leicht, immer etwas Essbares zu finden. Ja – und deshalb bin ich hier."
„Du hast ein so schönes grünes Kleid", sprach vorsichtig die Raupe weiter.

Das Blatt wiegte geschmeichelt sein dunkles gleichmäßiges Grün.

„Wenn ich ein ganz kleines Stück von deinem Gewande essen dürfte?"

Im ersten Moment glaubte das Blatt, es habe falsch verstanden. Doch als es die Raupe ansah, wusste es, dass es richtig gehört hatte.

Lange atmete das Blatt aus und dachte nach: Die Raupe ist hungrig und müde. Aber soll ich für sie ein Stück meines einzigen Kleides hergeben?

Es war ein schwerer Entschluss, bis ihm etwas klar wurde: Sagte es Nein – dann würde die Raupe vor Hunger doch etwas von dem Gewand essen. Das Blatt könnte es nicht verhindern.

Sagte es aber Ja, dann würde der Raupe geholfen, und das Blatt hätte noch Freude an der Dankbarkeit. Schließlich konnte man ja auch mit einem Loch im Kleid leben.

Das Blatt sagte Ja, die Raupe wurde satt und blieb noch auf ein dankbares Schwätzchen.

Im Herbst konnte das Blatt mit Loch auf ein bewegtes, glückliches Leben zurückblicken. Mit herrlichen Farben empfing es das endgültige Alter und fiel schaukelnd zur Erde.

Das andere Milieu

Es war einmal ein Wecker, der hatte zwei große Klingeln über der Zwölf auf dem Kopf. In der Weckerabteilung wurde er als Sonderangebot zur Schau gestellt, und ein Mensch, der auch morgens noch müde war, kaufte ihn entschlossen und mit gutem Vorsatz. Für den Wecker begann nun der Ernst des Weckerlebens.

Mit verbundenem Zifferblatt wurde er in einem Auto so heftig hin und her gerüttelt, dass er verwirrt um seine Zahnräder bangte. Schließlich packte man ihn in einem Zimmer mit Sonnenstrahlen aus. Völlig überwältigt von der Helligkeit des Lichtes, wischte sich der Wecker die Drei und die Neun, dann blickte er sich um und erkannte, dass er zwischen Bildern, Büchern, Fellen und Ledersesseln fehl am Platze war. Er wollte die friedliche Harmonie nicht stören, und tief empfand er die Unmöglichkeit seines Daseins.

Von schlanken Händen aufgezogen, begannen die Zeiger ihren langsamen Weg von Zahl zu Zahl.

Wie gern hätte der Wecker dem Sekundenzeiger verboten, so ruckartig von Sekunde zu Sekunde zu springen.

Alle Felle, Bilder und Sessel wurden still, noch nie hatten sie solch ein stetiges Geräusch gehört. In der ersten Nacht trafen sich Bilder und alle wichtigen Gegenstände des Zimmers zu einer Beratung.

Der tickende Lärm wurde allgemein bemängelt. Das Aussehen der drohenden Klingeln über der Zwölf beeinflusste schließlich maßgeblich die Entscheidung der Zimmerregierung.

Das Bett, den Vorsitz führend, wandte sich mit einer fast glatten Decke an den Wecker und begann: „Wir, die wir erwählt sind, aus diesem Raum eine Grundlage für das Wohlleben zu schaffen, lassen uns herab, dich, den Wecker, in unsere Gemeinschaft aufzunehmen." Es war eine absichtlich kurz gehaltene Rede. Der neue Gegenstand sollte gleich fühlen, wie er eingeschätzt wurde.

Der Wecker tickte dankbar und bescheiden. Er trug die Last seiner Schellen geduldig und unwissend. Höflich unterhielt er sich mit der Vase, die ständig von Kunst und Blumen schwafelte. Hin und wieder knurrte das Fell eine Bemerkung, als stecke in ihm noch ein wildes Tier. Auch der Sessel gab einige müde Einwürfe.

Inzwischen war die Zeit schon auf neun Uhr morgens vorgerückt. Die Sonne hatte längst ihren Platz im Zimmer eingenommen.

Der große Zeiger sagte zum kleinen: „Endlich!", und der Sekundenzeiger hüpfte übermütig von Elf auf Zwölf.

Nun brach ein Chaos in die Stille ein, dass selbst die Tapete ein missbilligendes Knistern von sich gab. Eine Hand schlug auf den Kopf des Lärms – und erschrockenes Schweigen fiel durch das Zimmer. Sessel und Bett blickten sich bedeutungsvoll an. Die Bilder vergewisserten sich, ob noch jede Farbe an ihrem Platz sei.

Niemand wagte den Wecker anzublicken. Es war kaum auszudenken, was er noch alles unternehmen würde, hätte man ihn nicht aufgenommen. Vielleicht würde er die ganze Nacht solch einen Lärm machen?

Und niemand erfuhr je von der Schüchternheit, dem Schrecken und der Angst des Weckers, hervorgerufen durch brutalen Lärm, den er heute auch zum ersten Mal gehört hatte.

Die Grausamkeit der Spinne

Eine kleine schwarze Spinne trennte sich von ihrer Familie. Sie beschloss ein eigenes Netz zu weben. Nach langem Suchen fand sie zwei geeignete Äste. Zwei Tage später fühlte sie sich heimisch zwischen ihren eigenen Fäden. Zum Lebensunterhalt fing sie kleine Mücken und Käfer. Jeden Morgen erwachte die kleine Spinne in der Hoffnung, dass ihr Netz endlich einmal einen großen Fang gemacht hätte.

Nach zehn Tagen wurde die kleine Spinne aus ihrem Schlaf gerissen. Eine richtige Fliege mit bunten Flügeln hatte sich in ihrem Gewebe verfangen. Vorsichtig näherte sich die Spinne ihrem unfreiwilligen Gast. Sie sah, dass die Fliege stark und groß war, so einfach könnte die Spinne sie nicht töten.

Die Fliege zappelte aufgeregt, und so beschwichtigte die Spinne: „Hab nicht so viel Angst. Das Sterben ist gar nicht so schlimm!"

„Ich will aber nicht sterben und schon gar nicht durch eine so kleine Spinne, wie du es bist."

„Wenn du ahntest, wie wichtig es ist, für etwas zu sterben, dann wärst du froh, von mir getötet zu werden", lächelte die kleine Spinne gewinnend.

Die Fliege gab keine Antwort.

„Schau", erzählte die Spinne weiter, „wer bist du denn? Nur eine Fliege! Du schwirrst umher, belästigst jeden und bist zu nichts nütze."

Die kleine Spinne machte eine bedeutungsvolle Pause. „Ich aber habe eine Zukunft. Ich werde die größten Netze weben und werde viele Kinder haben. Ach, es wird ein ganzes Geschlecht durch mich entstehen. Du kannst nun dazu beitragen. Endlich ist der Augenblick in deinem Leben gekommen, in dem du wichtig geworden bist. Sag, ist es denn nicht herrlich, für eine solch große Sache ein Grundstein zu sein?"

Die Fliege ließ sich durch die hinterhältigen Worte der Spinne täuschen. Sie sah ihr Dasein plötzlich als nutzlos und leer an, genauso wie die Spinne es ihr eingeredet hatte. Nie waren der Fliege früher solche Gedanken gekommen. Bisher war sie frei und glücklich im Sonnenlicht herumgetollt. Jetzt aber schien es ihr plötzlich wichtig für die Spinne da zu sein. Diese Gelegenheit, ein Grundstein für ein großes Werk zu werden, wollte sie wahrnehmen. Stumm nickte sie mit dem Kopf – und ließ sich töten.

Die Stütze aus Eis

Es gab einen Frühling, der schob sich zwischen den Winter. So waren ein paar Tage mehr Sonnenstrahlen da, als der Winter Kälte mitbringen konnte.

Ein unruhiges Schneeglöckchen wurde durch so plötzliche warme Liebe gelockt. Es schlüpfte aus der Erde heraus, wurde grün, wuchs, und am letzten warmen Tage blickte es sich mit seiner Blüte nach Freundinnen um.

Doch es konnte keine entdecken. Da wurde es ein wenig unsicher und schaute in sich.

Das Schneeglöckchen entdeckte die Tauperle erst, als sie schon über den Weg aus seinem Herzen zur Erde hinabrollte.

„Bleib doch!", bat das Schneeglöckchen. Erstaunt blieb der Tautropfen stehen und blickte zurück. Die Kälte nutzte sein Zögern und fror den Tautropfen zu Eis.

Verwundert und glücklich durchschlief das Schneeglöckchen die neue Nacht und spürte, wie sich am nächsten Morgen aus seinem warmen Herzen eine andere Tauperle löste. Diese blieb auch als Gefährtin bei ihm, verband sich mit der anderen, und sie wurden ein Eiszäpfchen. Nach zehn Morgen war das Eiszäpfchen bis zur Erde gewachsen.

Der kleine Eiszapfen und die Erde gaben dem Schneeglöckchen über die Kälte bis zum Frühling Halt.

Als andere Schneeglöckchen blühten, löste sich die Stütze still, schmolz zur Erde, wurde Wasser und schenkte sich dem Schneeglöckchen wieder als neue Kraft.

Erfüllte Sehnsucht

Die beiden summend-sirrenden Stromdrähte arbeiteten. Sie wussten, wie wichtig sie waren.

Die beiden verbrachten ihr Leben in einer glücklichen, gleichen Sehnsucht zueinander. Mittags und abends schwärmten sie von dem Augenblick, in dem sie sich einmal berühren könnten. An Tagen mit zu großer Sehnsucht baten sie Sperlinge und Amseln, eben zum anderen hinüberzuhüpfen, um einen Kuss oder eine Liebkosung zu überbringen.

Freitags, so gegen acht Uhr, verbrachte der alte Rabe sein Dämmerstündchen bei ihnen. Er lebte schon in der Gegend, als die Leitungen gelegt wurden. Ihm erzählten die durch fünfzig Zentimeter Getrennten von ihrer Sehnsucht und ihrem größten Wunsch.

„Es ist ein großes Geschenk sich nacheinander zu sehnen – besonders, wenn man ein Stromdraht ist. Ihr seht euch täglich, könnt jede Not mitteilen, aber ihr seid euch zu ähnlich und nicht dazu bestimmt, miteinander verbunden zu sein. Geschieht es aber, dann nehmt ihr euch jede Spannung, und kein Wunsch kann erfüllt werden."

Die beiden glaubten fest an eine andere Wahrheit. Aber der Rabe versuchte sie zu überzeugen, dass die Sehnsucht die ganze Erfüllung in ihrem Dasein sei.

„Alles wird durchschmoren. Wenn ihr dann wieder gesund seid, werdet ihr nur noch Drähte sein, die nebeneinander ihre Arbeit tun."

Sie trauten den Worten des Raben nicht, und ihr Verhältnis wurde immer spannungsgeladener.

Es kam ein Sturm, der wirbelte einen feuchten Ast hoch, spielte mit ihm, und als er sein Interesse an dem nassen Zweig verlor, ließ er ihn los. Dieser fiel auf die beiden sich Sehnenden.

Ein bläulicher Blitz begleitete den Kurzschluss.

Stundenlang hingen die Drähte ohnmächtig und schlaff nebeneinander. Sie hatten sich in ihrem großen Augenblick nichts sagen können.

Als sie gesund waren, sprachen sie nicht mehr miteinander.
Es war keine Sehnsucht mehr da, die sie aussprechen konnten.

Revolution

Im Kinderzimmer wurde das Licht ausge-knipst. Die Rollläden waren nicht ganz ge-schlossen, und der Schein der Straßenlater-ne gab dem Zimmer eine matte Helligkeit. Nach einigen Minuten völliger Stille hörte man aus allen Richtungen leises Stöhnen. Eine Puppe weinte vor sich hin. Sie lag ausgezogen halb unter dem Baukasten. Der Stoffbär konnte nicht einmal mehr brum-men, er hing eingequetscht in den Hei-zungsrippen. Die Lok der elektrischen Ei-senbahn lag umgestürzt mit einem Rad noch auf den Schienen. Kleine blaue Fun-ken erschraken sie ständig, denn der Strom war nicht ausgeschaltet. Kissen und Bilder-bücher bedeckten den Boden. Die beiden Kinder hatten ihr Zimmer schlimm zuge-richtet.
Die bunte Tapete knisterte vorsichtig um ihre neuen Wunden. Große Fetzen hatte man ihr herausgerissen. Sie sagte dann auch das, was alle im Zimmer dachten: „So darf

es nicht mehr weitergehen. Ich kann nicht mehr."

„Ich auch nicht! Ich auch nicht!", kam es kläglich von allen Seiten.

„Was können wir denn tun?", fragte gequält der Bär aus den Heizungsrippen.

„Wir müssen etwas unternehmen, was die Kinder wirklich beeindruckt", schluchzte die Puppe unter dem Baukasten hervor.

Nun war es wieder für lange Zeit still im Zimmer. Alle Gegenstände überlegten verzweifelt.

Plötzlich unterbrach die Lok das Schweigen. „Wie wär's, wenn wir einfach ganz kaputtgingen? Das würde die Kinder doch beeindrucken!"

Der Baukasten war sehr dagegen. „Nein, nur nicht – wenn wir alle nicht mehr zu gebrauchen sind, werfen uns die Kinder einfach weg und lassen sich andere neue Sachen kaufen. Mit dem neuen Spielzeug geschieht dann das gleiche wie mit uns!"

Alle waren sie ratlos. Wie wenig konnten sie gegen die Achtlosigkeit der Kinder ausrichten!

Ein zerrissenes Bilderbuch, das stöhnend vor Schmerzen auf dem Teppich lag, flüsterte: „Wir können die Kinder nicht beeindrucken. Uns können sie wegwerfen. Nein, uns kann nur helfen, wenn ihr ganzes Spielreich, nämlich unser Zimmer, sich verändert."

Der Vorschlag wurde von allen Seiten begierig aufgenommen. Man fragte die Wände, ob sie bereit wären, sich zu verändern. Doch sie mussten ablehnen – das ganze Haus würde einstürzen, wenn sie sich auch nur ein bisschen bewegten. Nein, sie waren mehr als nur die Stützen des Kinderzimmers.

Die Ratlosigkeit war groß. Was konnten die Gegenstände unternehmen?

Der Bär hatte dann als erster die Idee: Wenn die Tapete bereit wäre ganz zu zerfallen, dann wäre das Kinderzimmer verändert, und das Haus würde trotzdem noch stehen.

Die Tapete erschrak zitternd bis hinauf zur Decke.

Wenn sie an die Schmerzen dachte, schauderte sie bis tief in ihre Farben hinein.

Ganz schwach keuchte das zerrissene Bilderbuch: „Wenn ich noch etwas ändern könnte, ich würde euch so gerne helfen. Aber ich fürchte, dass ich zu nichts mehr zu gebrauchen bin. Morgen werde ich sicher schon in den Müll geworfen."

Die Tapete sah das armselige Bilderbuch, sie sah das völlige Durcheinander im Zimmer, dann sah sie selbst an sich hinunter. Große Stücke fehlten.

Vielleicht konnte man ihre Wunden wieder kleben? Es war eine schöne Hoffnung.

Doch als ihr Blick noch einmal auf das zerstörte Bilderbuch fiel, entschloss sich die Tapete dem Zimmer zu helfen, auch wenn sie selbst dabei zu Grunde ginge.

Langsam lösten sich die Tapetenbahnen. Wie große Papierschlangen flatterten die oberen Enden aufeinander zu. Für einen Moment bildeten sie ein schwankendes Dach und begruben dann vorsichtig alle Gegenstände des Zimmers unter sich. Feiner Mörtel rieselte auf das weiße Papiermeer, sonst war nichts zu hören.

Das zerrissene Bilderbuch hatte einen Fiebertraum. Es stand bunt und wichtig in einem Bücherregal, Kinder schlugen es auf und bestaunten andächtig die vielen Bilder.

Ehe man richtig weiß

Das Alpenveilchen stand allein zwischen Gardine und Fensterscheibe. In den ersten Tagen vertrieb es sich die Langeweile damit, die Vögel und Blumen im Vorgarten zu beobachten. Doch bald schon wurde es Winter, die Astern welkten und die Vögel sangen nicht mehr. Dunstig und grau zog sich jeder Tag an. Die Einsamkeit lastete jetzt mit ihrem ganzen Gewicht, und unglücklich senkte das Alpenveilchen die Blütenköpfe.

Über Nacht wurde der Winter streng. Und am nächsten Morgen hatte die Einsame Besuch bekommen. Eine glitzernde Eisblume war auf der Scheibe gewachsen.
Verwirrt fragte das Alpenveilchen: „Wer bist du – und wie kommst du hierher?"
„Der Dunst hat mich auf die Scheibe gesät, und heute ganz früh bin ich durch den Frost aufgeblüht."
Die beiden Blumen starrten sich an und schwiegen. Endlich sagte die Eisblume:

„Du bist so schön und bunt. Blühst du schon lange auf der Fensterbank?"

Das Alpenveilchen seufzte: „Ja, schon sehr lange. Doch ich bin so allein."

Die Kristalle der Eisblume funkelten und verwundert rief sie: „Aber du darfst doch immer wieder blühen!" Dann schwärmte sie von dem wunderbaren Leben einer richtigen Blume. Niemals brauche sie Angst vor den Sonnenstrahlen zu haben. Sie könne wachsen und müsse sich nicht beeilen.

„Mein Leben geht so schnell vorbei", sprach die Eisblume weiter, „ehe ich richtig weiß, ob ..."

In diesem Augenblick brach die Sonne durch die Wolkendecke und schickte nur ein paar warme Strahlen auf die Fensterscheibe.

Die Eisblume konnte ihren Satz nicht zu Ende sprechen. Langsam schmolz sie bis zu ihrem Herzen, und drei Wassertränen liefen die Scheibe hinunter.

Am nächsten Morgen hob das Alpenveilchen wieder seine Blütenköpfe und war nicht mehr traurig.

Ohne Erbarmen

Viele Jahre schon erhob sich die Eiche gütig und zufrieden auf einer Wiese. Im Schatten ihres Geästes wuchsen Pilze, und manchmal ruhten sich auch Menschen unter ihr aus.

Eines Morgens hörte sie ein dünnes Seufzen: „Wenn mir nur jemand wachsen hülfe!"

Lächelnd schaute die Eiche an sich hinab und entdeckte eine kleine Efeupflanze mit drei Blättchen, die alle verzweifelt durcheinander standen.

Die Pflanze klagte bescheiden: „Alles kann wachsen und groß werden. Ich bin zu schwach dazu. Ach, wenn ich doch nur jemand fände, der mich stützen könnte!"

Die Eiche hatte einen ganz dicken, runden Stamm. „Wenn du magst, dann halte dich ein wenig an mir fest."

Ganz glücklich rückte die Kleine etwas näher und krallte sich in die dicke Rinde. Die Eiche aber richtete sich wieder auf, schaute ins Land und war zufrieden.

Nach einem Jahr erinnerte sie sich an das kleine Pflänzchen. „Oh, du bist schon groß geworden!"

„Ich bin stark und habe vergessen, dass ich klein war. Hast du mir damals geholfen?" Die Eiche lächelte über solche Vergesslichkeit, sprach noch ein paar freundliche Worte und erhob sich wieder für zwei Jahre.

Eines Morgens dachte die Eiche, sie sei krank. Ein unangenehmes Rindejucken hatte sie befallen, dazu fühlte sie sich ein wenig fiebrig.
„Bist du das, der mich so juckt?", fragte sie ihren Gast. Der Efeu war groß und mächtig geworden, er gab keine Antwort.

Nach weiteren Jahren war er bis in die Krone gewuchert. Die Eiche ächzte und stöhnte. Sie flehte: „Lass mir doch noch etwas Luft. Erinnere dich doch, ich habe dich aufgezogen. Weißt du das nicht mehr?"
Der Efeu aber erwürgte den Baum. Tot und knorrig stand er in der Wiese, gehalten von den tausend Armen der Schlingpflanze.

Elstern und Raben nisten nun in den Astgabeln der toten Eiche.

Schuhe haben Gesichter

Als die zwei Pflastersteine in die Straße polterten, waren sie noch sehr jung. Schon auf der Schubkarre hatten sie sich angefreundet und waren nun glücklich, nebeneinander ein Stück der Katzengasse zu sein. Katzengasse hieß die kleine und enge Straße.

Ein wenig kitzelte die beiden Freunde der Sand, der zwischen ihnen lag. Auch lähmte sie noch der Schlag mit dem Hammer, der sie in ihr Bett getrieben hatte. Auf diesen Schlag aber waren sie vorbereitet gewesen, denn um ein erwachsener Pflasterstein zu werden, musste man den Schlag auf den Kopf ertragen.

Noch ehe die beiden ihren Zustand ganz erfassten, gingen schlürfende Schritte über sie hin. Es kamen zittrige und tapsende Schuhe, feste Tritte, junge, lachende und halbbetrunkene Sohlen.

Die Freunde begriffen ihre Aufgabe schnell. Sie ertrugen und trugen alles und jeden, halfen Neuen und Abgewetzten, Weichen und Genagelten zu einem sicheren Weg.

Einmal stolperten Schritte, und ein Gesicht kam zu ihnen. Sie hatten bisher nicht gewusst, dass Schuhe und Sohlen Gesichter trugen. Die Augen des Gesichtes weinten viele Tränen. Der Sand zwischen den beiden Steinen wurde nass und warm. Diese traurige Wärme rückte die beiden Freunde dichter zusammen. Dann entfernten sich die Schuhe und nahmen das Gesicht mit.

Auch später noch erzählten sich die beiden Pflastersteine von den Tränen des Gesichtes und dass diese Wärme sie ganz eng verbunden hatte.

Durch den Schmerz sehen

Schlank und weiß stand die Kerze auf ihrem zierlichen, aus Silber gestalteten Leuchter. Sie war die schönste Kerze im Raum, denn außer ihr gab es keine.
Sie wartete und glaubte fest, dass ihre Bestimmung nicht darin bestand, nur da zu sein. Sie ahnte, dass sie irgendwann ihre reine, weiße Gestalt verlieren würde. Ein wenig Angst befiel sie. Etwas enger schmiegte sie sich in ihren silbernen Halt.

In der Dämmerung kam ein Mensch und entzündete ihren Docht. Ein heißer Schmerz durchlief die Kerze, und sie bildete eine Träne. Nach einer Weile weinte sie in sich hinein, und schon bald lief ein Wachstropfen an ihrem schlanken weißen Leib hinunter.
Als die Kerze den ersten brennenden Schreck überwunden hatte, empfand sie etwas Wunderbares: Durch ihren Schmerz konnte sie sehen. Sie sah glänzende Dinge, erblickte sich als etwas herrlich Leuchten-

des in einem Spiegel, strahlte in viele Winkel und schuf Schatten.

Die Kerze erkannte ihre wahre Bestimmung und begann den Schmerz als eine Notwendigkeit anzusehen. Auch lernte sie verstehen, dass diese Flamme sie langsam aber sicher zerstörte. Da sie aber nun leben und sehen konnte, ertrug sie auch die eigene Vernichtung.

Ein Fenster war offen in dieser Nacht, und ein Nachtfalter, angelockt durch das Licht, flatterte durch das Zimmer.

Ganz entzückt verfolgte die Kerze die auf und ab huschenden Schatten an den Wänden. Als der Nachtschwärmer näher und näher kam, wünschte sich die Kerze, dass er sie besuche.

Verführt durch das lockende Licht, tauchte der Nachtfalter in die Flamme und verbrannte. Erschrocken und verzweifelt verlöschte die Kerze.

In stumpfer Blindheit versuchte sie fassungslos zu begreifen, dass ihr flackerndes Auge nicht nur sie selbst vernichtete, sondern auch alles, was angelockt durch das Geheimnis des Lichtes sie streifte.

Die Kerze verabscheute sich selbst und beschloss nicht mehr leuchten zu wollen.

Schon nach einigen Tagen aber sehnte sie sich nach dem Schmerz des Lichtes. Sie war bereit alles auf sich zu nehmen, wenn sie nur wieder sehen und strahlen durfte.

Bald kam wieder der Mensch, entzündete sie, und majestätisch erhellte die Kerze den Raum.

Nur wenn ein Falter kam, sich verbrannte und starb, weinte sie eine Träne mehr als gewöhnlich.

Bevor die Trostlosigkeit endgültig wird

Es ist heißer und trockener als je zuvor.

Sommer ist ein zu schönes Wort für diese sengende Trostlosigkeit. Auf einem Felsblock, sehr hoch über dem Tal, liegt ein im Frühling vergessener Ball. Lange schon konnte er im Wind nicht mehr hin und her rollen, lange schon ist er durch Staub an den Felsen geklebt. Seine Schmutzschicht ist dick und rissig. Der Ball ist graubraun geworden wie der Fels und fällt nicht mehr auf. Die Hitze lässt jeden Gedanken und jede Bewegung ersterben. Sogar die schwarzen Käfer finden nichts mehr und sind träge geworden. Jeder vergangene Tag war so, und jeder kommende Tag wird ebenso taub sein.

Dann, bevor die Trostlosigkeit endgültig wird, sind Wolken da, und zwei Tage später fallen Tropfen. Sie zerplatzen auf dem Fels und werden gierig aufgesogen. Ein nicht mehr erhoffter Geruch wird vom Wind verteilt. Die schwarzen Käfer lassen sich nassregnen. – Alles trinkt.

Tropfen dringen in die rissige Schmutzschicht des Balles. Bald wird der Staub aufgeweicht und hüllt den Ball klebrig ein. Wie aus einer Ohnmacht erwacht bewegt er sich im aufkommenden Wind. Unermüdlich streichelt und wäscht der Regen den Ball, und der graubraune Staub fließt zum Felsen zurück.
Wie schläfrig beginnt der Ball mit den hellblauen Punkten zu blinzeln, rote Punkte gesellen sich vor Aufregung, und ganz viel Gelb kommt aus Übermut, um Rot und Blau zu untermalen. Bald ist er wieder ganz glatt und glücklich über seine nasskalte Frische.
Nachdem der Wind die Wolken vertrieben hat, bleibt er zur Freude des Balles noch eine Weile. Sie spielen miteinander.
Bald wird aus dem Schaukeln ein Rollen, ein Hüpfen, und schließlich springt er über Steine, macht größere Sätze, tollt endlich über den Felsen, verharrt einen kleinen

Moment in der Luft, um dann ins Tal hin-
abzustürzen. Die abendliche Sonne macht
aus ihm eine bunte schillernde Kugel. Auf
dem Weg ins Dorf prallt er auf. Noch so
von seinem Flug berauscht, springt er noch
einmal, so dass er über die Wegsträucher
schauen kann, dann nicht mehr so hoch,
und schließlich ist er außer Atem und rollt
ganz trunken dem Dorf entgegen.

Ein kleiner Junge mit schmutzigen Händen
und aufgeschlagenen Knien läuft ihm entgegen, strahlt ihn an und versteckt ihn unter
seinem Hemd. Durch seinen Schatz vorsichtig geworden, läuft er auf Umwegen
nach Hause.

Die Hauswolke

Die weiße Wolke zog ihr kleines Segel ein und schaukelte über einem Haus. Sie fühlte sich festgehalten – sie konnte einfach nicht weiterziehen. Vielleicht braucht das Haus etwas Regen, überlegte sie und schickte einen sanften Schauer auf die Dachpfannen, den Schornstein und die Blumen im Vorgarten. Jetzt wollte die Wolke weitersegeln, doch sie konnte sich nicht lösen. Ihre Gedanken wirbelten die luftigen Wasserteilchen durcheinander: Manche Wolken dürfen mehr als nur die Sonne verdunkeln und regnen. Niemand weiß, wer das gesagt hat, niemand glaubt wirklich daran – und doch durchzieht das Gerücht alle Wolkenkreise; die Wolkenberge, die Gewitterfronten bis hin zu den flauschigen Wolkenballen, die an schönen Tagen dem blauen Himmel die Langeweile vertreiben.

Das Abendlicht färbte die nachdenkende Wolke purpurn, und erst als die Nacht stärker als der Tag war, entschloss sich die Wolke langsam zu dem Haus hinunterzusinken. Vorsichtig hüllte sie alle Fenster und Mauern ein und blickte durch den Spalt des Vorhangs.

Zwei Menschen, warm und lebendig, hatten sich an den Händen gefasst und waren stark und groß geworden. Das ganze Haus wurde erwärmt von der drängenden Zuneigung.

Die Wolke hob die Liebenden, setzte sie auf ihren Rücken und stieg ein Stück dem Himmel entgegen. Als nur noch Sterne über ihr waren, hisste sie wieder das kleine Segel. Durch die ganze Nacht trug die Wolke ihre liebende Last. Es blühten Hoffnung, Pläne und Tränen des Glücks in ihrem weichen Wolkenkissen.

Als die beiden Menschen in den Alltag zurück mussten, half die kleine Wolke ihren Gästen in den Morgen hinein. Die starke Zuneigung blieb, machte das Tägliche leichter und schützte vor Kälte und Angst.

Die weiße Wolke stieg nur bis dicht über den Giebel des Hauses. Hier raffte sie ihr Segel und wartete.

Sie wiegte sich in den Abend hinein und durfte von nun an mehr als nur die Sonne verdunkeln und regnen.

Benachteiligt und trotzdem ...

In einem Tannenwald gab es unter vielen Bäumen einen Baum, auf dem ein kleiner Zweig wuchs – und dieser Zweig trug eine Tannennadel, die kürzer war als ihre Nachbarinnen. Sie war kurz, immer benachteiligt und trotzdem grün. Schon viele Monate wurde sie verspottet und verlacht. Dennoch mochte sie nicht welken, sondern zog sich jeden Morgen neues Grün an – und litt.

Der Sommer war schon etwas müde geworden, und der Löwenzahn beschloss, seine Sendboten, mit Fallschirmen bekleidet, loszuschicken. Der Wind kam nachmittags – hoch wirbelte er die Fallschirme und ließ sie über den Wald segeln.
Ein Samenkorn faltete seinen Fallschirm gerade dann, als unter ihm die kurze, immer

benachteiligte und trotzdem grüne Tannennadel wartete. Etwas atemlos ließ es sich auf ihrem grünen Kleid nieder und schnaufte: „Nur für einen Augenblick!"

Überrascht gab die zu kurze Tannennadel ihrem Gast etwas Wasser.
Sie unterhielten sich. Er erzählte vom Sommer, von Schmetterlingen und dass Es schön und aufregend sei. Sie sprach von Neid, Hass, Kälte und dass Es einsam und traurig sei. Nach einem Tag und einer Nacht beschlossen sie zusammenzubleiben.
Der späte Sommer brachte den beiden viel gemeinsames Glück – doch auch viel Neid von den anderen Nadeln, denn die zu kurze, immer benachteiligte und trotzdem Grüne machte neugierig. Immer wieder bekam sie Besuch von Mücken, Käfern und Nachtfaltern.
Aber der Neid wuchs, und schließlich gönnten die Freundinnen ihr nicht genügend Wasser. Ihr Gast wurde krank und trocken, und irgendwann blies ein Wind ihn fort.
Die Nadel weinte nur eine Träne und blieb zu kurz und trotzdem grün – allein zurück.

Doch niemand lachte mehr, und niemand verspottete sie.

Das ungleiche Paar

Ein Sturm zerstörte drei Dachziegel auf einem schon lange lebenden Haus. Zuerst wurde der Schaden mit Dachpappe notdürftig behoben. Dann am ersten sonnigen Tag kam ein Dachdecker und befestigte drei neue Dachziegel auf die Lücken, die der Sturm gerissen hatte.

Als es wieder still auf dem Dach war, unterbrach der Schornstein sein regelmäßiges Qualmen und sprach hüstelnd: „Ich bin der auserkorene Herrscher auf diesem Dach und begrüße die drei neuen Untertanen auf das herzlichste. Ihr werdet es gut unter meiner Aufsicht haben, wenn ihr alle Gebote genau befolgt."

Der Schornstein erklärte nun den Neuen, worauf es ankommt auf einem Dach. Es galt Regen abzuhalten, es galt ein wenig sauber zu bleiben – und noch vieles mehr.

Die neuen Untertanen erklärten sich gleich bereit alles zu befolgen. Damit war der Frieden auf dem Dach bis zum nächsten Sturm gesichert.

Dann fuhr ein Auto vor das Haus. Ein Mann kam mit einer Fernsehantenne auf den Speicher, kletterte durch die Luke, und nach ein paar Stunden schwankte eine große, ganz schlanke Antenne in der Nähe des Kamins auf dem Dach.

Sprachlos und außer Fassung verbrachte der Schornstein einen Tag in Bewunderung des neuen Dachbewohners. Endlich erinnerte er sich seiner Stellung und sprach mit einer leicht belegten Stimme: „Ich begrüße Sie als neuen Unterta..."

Er stockte und qualmte ganz aufgeregt.

Die Dachpfannen schwiegen und waren rot. Sie alle fanden die Antenne sehr hübsch und freuten sich heimlich, dass sie bei ihnen war.

Ihr Herr aber ärgerte sich über seine Verlegenheit, fasste sich ein anderes Herz und begann: „Sie sind empörend schlank! Das Klima auf dem Dach ist nichts für ein so zierliches Ding. Hier gibt es Stürme und ... und ..." Er stockte wieder. „Und überhaupt muss man hier wetterfest sein!"

„Ich habe hier eine Aufgabe", sagte die Antenne schnippisch – mehr nicht.

Von da an sprach der Schornstein nur noch wenig. Er war aber so höflich, den Rauch nie in ihre Richtung zu pusten.

Die Herbststürme kamen in die Gegend und fuhren nächtelang mit Wucht über das Dach hin.

In einer Nacht hatte die Antenne alle Kraft aufzubieten, um eine große Sendung zu empfangen. Sie achtete einen Moment nicht auf den Sturm und stürzte.

Die Dachpfannen klapperten angstvoll. Der Schornstein schrie: „Falle hierher! Ich halte dich!"

Zitternd hakte die Antenne einen Arm in den Schornstein. Der strengte sich mächtig an und hielt die schlanke Antenne fest, bis jemand kam und sie wieder aufrichtete. Der Fuß war bald erneuert und die Stürme waren vorbei.

Der Schornstein aber konnte den zierlichen Arm der Antenne nicht vergessen. Eines

Tages überwand er sich und bat seine Nachbarin um ihre Hand.
Ganz still wurde es auf dem Dach, und nach der „Abendschau" gab sie ihm das Jawort.

Mit einem zarten Raureif bedeckt, schauten die Dachpfannen am nächsten Morgen auf ihr frischgebackenes Herrscherpaar.

Gezacktes Entsetzen

Das Fenster des keinen Hauses blickte nach Süden, ließ die Wärme der Sonne herein und hielt den Wind ab.

„Heute wird das Fenster geputzt", entschied die Hausfrau.

Die beiden weißlackierten Fensterflügel hörten es und zitterten vor Freude. Schon viele Jahre waren sie zusammen, und weder ein Bruch noch eine Ritze waren in ihre Beziehung gekommen. Einmal im Monat aber war für sie der Samstag ein Feiertag. An diesem Tag wurden Staub, Regenspuren und Fingerflecken mit Seifenwasser weggewaschen, mit Bällen aus Zeitungspapier wurden sie abgetrocknet und abgerieben. Noch atemlos durch die frische Sauberkeit blieben die Scheiben durchsichtig, ja, beinahe unsichtbar.

An diesem Fenstersamstag flüchtete eine Taube vor dem Falken. In ihrer größten Not hielt sie das Fenster für einen Schlupfwinkel.

Wie ein Pfeil schoss sie darauf zu – und empfand nichts mehr.

Die Scheibe des linken Flügels zersplitterte durch den heftigen Aufprall. Sie klirrte vor Schmerz. Die andere durchlief der gezackte Riss des Entsetzens.

Erst am Montag setzte der Glaser zwei neue Scheiben ein. Doch sie fügten sich nicht ganz in den alten Rahmen, drückten das Holz, und der Kitt bröckelte wieder ab.

Regen drang durch die Ritzen, und der Wind ließ das Fenster erzittern.

Die Flügel wurden morsch, und im nächsten Jahr beschlossen die Hausbewohner ein neues Fenster einzubauen.

Auf dem gewundenen, langen Weg lagen die Fensterflügel dicht beieinander, verfielen gemeinsam – und wurden blind.

Das bunte Sterben

Der Herbst war schon sehr lange neblig. Wiesen und Blätter waren klamm. Nasse Spinnengewebe spannten sich über Moos und noch nicht gefundene Pilze.

Dies alles umgab zwei Blätter, machte das eine unglücklich – das andere aber gewann eine ruhige Stille. Das Unglückliche hatte sich klebrig dem Nebel und der Mutlosigkeit angepasst. Man musste lange suchen, ehe es zu entdecken war.

Das bunte, frohe Gewand des anderen aber leuchtete so stark, dass Nebel und Feuchtigkeit ein wenig zurückwichen. Es bekleidete sich jeden Tag mit einer schöneren Farbe.

Eines Tages sagte das Graue zum Bunten: „Was hast du davon, jeden Tag etwas Buntes anzuziehen? Es wird doch nicht wieder hell und warm. Mach's doch so wie ich. Mich kann nichts mehr berühren!"

Mit einem wehmütigen kleinen Lächeln antwortete das Gefragte: „Immer zog ich ein farbiges Gewand an. Soll ich jetzt, da es Herbst und alles langsam grau wird, plötzlich damit aufhören? Ich brauche in mir Hoffnung und Bereitschaft. Es ist gleichgültig, ob durch mich etwas geändert wird an Nebel oder Dunkelheit. Wichtig ist nur, dass ich so bunt bin und der Herbst mir einen kleinen Raum Helligkeit lässt. Während du ja so sehr der Traurigkeit angepasst bist, dass ich dich manchmal gar nicht mehr sehen kann."

Das Blatt hatte grau zugehört, wollte nichts erwidern und wurde noch grauer.

Die ersten Schneeflocken kamen vor dem großen Frost. Das Leben der beiden Blätter musste nun aufhören. Still ließ sich das Bunte einhüllen in das weiße Schneehemd und wartete auf den Frost. Das Graue hingegen sträubte und wehrte sich gegen den Schnee. Das Blatt wollte nicht, dass es zu Ende sei.

Der Mond wechselte – der Himmel wurde blau.

Der Schnee hatte alles eingehüllt bis auf das grauschwarze Blatt. Es lag ganz deutlich sichtbar auf einer weißen Wiese und wehrte sich immer noch gegen das Ende. Der Frost kam nun, erstarrte es sehr kalt – und schüttelte traurig das Haupt.

Der angebundene Traum

An einem sonnenklaren Herbstmorgen trug die Lerche ihr Lied in stetig steigenden Kreisen dem Himmel entgegen. Für einen Moment verharrte sie an ihrem höchsten Punkt, um sich dann zur Erde hinunterzustürzen. Hungrig schnappte sie im Fall nach Insekten und ruhte sich Augenblicke später auf dem abgemähten Kornfeld aus.

Zwei Jungen kamen johlend über die Stoppeln gelaufen. An noch knappen Leinen zogen sie große Drachen hinter sich her.
Der eine Windvogel war gekauft. Auf seine durchsichtige Bespannung war ein scharfschnäbliger Habicht gedruckt. Die zum Angriff gespreizten Krallen schienen nach der langen Kette aus schmetterlingsähnlichen Papierschleifen zu greifen.

Der andere Windvogel war aus leuchtend-buntem Drachenpapier und Holzleisten selbst gebastelt. An seinen langen Schweif waren kleine Grasbüschel gebunden.

Die beiden Vögel stiegen ein Stück und fielen gleich wieder auf das abgemähte Kornfeld zurück. Lachend hoben die Jungen sie auf, rannten – und endlich erfasste der Aufwind die Drachen. Immer schneller trieb er sie hinauf in die herbstliche Luft. Atemlos blieben die beiden Jungen auf dem Stoppelfeld stehen und wickelten langsam die Leinen ab.

Die Lerche flatterte neugierig auf und stieg den Windvögeln nach. Sie trug ihren Jubel in den durchsichtigen Herbsttag, und bald hatte sie die beiden eingeholt.

Der heftige Streit übertönte das Lied der Lerche. Empört verteidigte sich der Drache mit den Grasbüscheln: „Du bist eingebildet! Ich steige genauso hoch wie du!"

„Das werden wir ja sehen!", rief der Gekaufte. „Meine Bespannung ist aus bestem Kunststoff. Mein Habicht ist gefährlich –

vor allem aber ist meine Leine länger. Ich werde gewinnen!"

In einem weiten Bogen umkreiste die Lerche die zankenden Drachen, schraubte sich höher und blieb ein Stück über ihnen.

Der Überhebliche starrte mit dem Habichtauge zu ihr hinauf.

„Was soll das? Hast du denn keine Leine, an der du festgehalten wirst?", fragte er.

Die Lerche trällerte vergnügt: „Nein. Ich brauche keine Leine. Ich bin eine Lerche, bin frei und fliege, wohin ich will."

„Das glaub' ich nicht", antwortete misstrauisch der gekaufte Drachen. „Hast du denn keine Angst, dass der Wind dich forttreibt?"

„Aber nein! Der Wind ist mein Freund!", jubilierte die Lerche. „Wir spielen miteinander, bis ich müde bin. Dann lasse ich mich zum Stoppelfeld hinunterfallen und ruhe mich in meinem Nest aus. Ich liebe die Sonne – und auch den Wind."

Der Habichtdrachen schwieg – und der Drachen aus buntem Papier hatte stumm zugehört. Plötzlich zerrte er an seinem Seil, tauchte in einen Luftwirbel und stemmte sich wieder gegen die Kordel. Auf einmal wollte er mehr als einem Papiervogel möglich war. Immer heftiger wurde in ihm der Wunsch, einmal so frei zu sein, ein einziges Mal so frei fliegen zu können wie die Lerche. „Es muss herrlich sein, so hoch wie ich möchte, dem Himmel entgegenzusteigen!"

Den gekauften Drachen hatten die jubelnden Worte der Lerche aus seiner Selbstzufriedenheit gerissen. Zornig schrie er: „Dummes Lerchengeschwätz!" Er lachte verächtlich zu ihr hinauf. „Du führst ein armseliges Leben. Du bist so winzig klein – viel zu klein! So unscheinbar! Du lebst nur im Regen und auf klebrigem Ackerboden. Also ich möchte nie mit dir tauschen!"
Die bebende Wut in der Stimme des Drachens erschreckte die Lerche. Sie wollte ihn beschwichtigen und sagte freundlich: „Aber wir können doch gar nicht miteinander tauschen. Du bist glücklich an deiner Leine – und ich bin glücklich in meiner Freiheit."
Doch der Drachen mit dem aufgedruckten Raubvogel schimpfte weiter: „Niemals möchte ich eine Lerche sein! Schaut mich doch an! Mein Habicht hat seine Schwin-

gen weit gespannt. Die Papierschleifen an meinem Schwanz sehen aus wie angebundene Schmetterlinge. Meine Kordel hält mich und gibt mir Sicherheit. Ja, ich hasse Vögel, die einfach so herumfliegen. Eine schwarze Katze sollte dich fressen und dein Nest zerstören!"

Das kleine Herz der Lerche verkrampfte sich. Sie hatte doch nur voller Überschwang von ihrem Glück erzählt. Sie wollte die beiden Windvögel mit ihrer Lerchenfreiheit nicht beunruhigen oder verletzen. Schnell stieg sie weiter dem blauen Himmel entgegen.

Hier oben war es schön wie nirgendwo in der Welt. Hier löste die grenzenlose Weite alle Angst und Sorge einfach auf, und zurückblieb ein Lied voller Dankbarkeit und Seligkeit.

Tief unter der Lerche standen die beiden Windvögel, gehalten von langen Leinen.

Der Drachen aus buntem Papier schaute sehnsüchtig hinauf. Er hörte den hellen Jubel der Lerche. Plötzlich ohne weiter zu denken, gab er sich einen starken Ruck, riss sich los und stieg erst langsam und unsicher, dann rascher zur Lerche in den Himmel hinein.

Er war frei – so frei wie die Lerche. Ein nie geahntes Zittern schüttelte ihn. Sein Schweif aus Grasbüscheln schlug Schlangen in den Aufwind. Er rief, und seine Stimme überschlug sich: „Lerche, schau zu mir! Ich bin losgelöst. Nun kann ich fliegen, wohin ich möchte!"

Die Lerche sah entsetzt den taumelnden Flug des Drachens. Voller Angst flog sie zu ihm und warnte immer wieder: „Gib Acht! Gib nur Acht! Du kannst deine Flügel nicht bewegen. Halte dich so, dass der Wind dir unter die aufgespannten Arme weht – sonst stürzt du ab!"

Der Drachen war entschlossen und furchtlos. „Ich weiß. Mein Flug dauert nicht lange. Doch für einen Moment bin ich frei!"

Heftig schlug das Herz der Lerche und erstickte ihr Lied. Besorgt blieb sie bei dem glücklichen Windvogel.

Der Habichtdrachen sah nur, wie sein Rivale höher und höher stieg. Voller Neid riss er sich los und ließ sich vom Wind eilig hinauftreiben.

Er empfand keine Freiheit – sie war nicht wichtig für ihn. Er wollte nur genauso fliegen können wie der selbstgemachte Drachen. „Und ich steige doch höher als du!" Das Habichtauge starrte in leblosem Triumph.

Dann schlug der Wind um und trieb die Windvögel in rasendem Sturzflug zur Erde hinunter. Ohnmächtig schrie der Gekaufte um Hilfe. Er verfluchte die Lerche und ihr Geschwätz, er beschimpfte den Jungen, der seine Leine losgelassen hatte.
Der Drachen mit den Grasbüscheln stürzte stumm dem Stoppelfeld entgegen. Er hatte den Traum seines Lebens erfüllt. Was jetzt noch geschah, war ihm gleichgültig.
Die Lerche begleitete den Sturz der beiden Windvögel. Sie konnte nicht helfen. Der Ackerboden kam näher und wurde gefährlich groß.
Es krachte nur leicht, als die Drachen aufschlugen, doch die Stoppeln rissen lange Wunden in ihre starre Bespannung.

Die Lerche verbarg sich in ihrem Nest.

Erst als am späten Vormittag die Drachen wieder im Wind standen, geflickt mit Kreuzen aus Klebeband, blickte die Lerche auf. Sie flog eilig zum weit entfernten Ende des Stoppelfeldes. Hier wagte sie, ihre Freiheit jubilierend in den sonnenklaren Himmel zu tragen.